中国桂冠诗丛

Moonlight Syndrome

Song Xiaoxian

月光症

宋晓贤 著

四川文艺出版社

目录

| 雪山和孩子 |

| 跋 |

| 乘闷罐车回家 |

阳光

今天这是怎么啦

阳光一早就来拜访

抚摩桌椅，探看

我酣睡的姿态

它久久注视着书桌上的白纸

上面什么也没有

它好像深表遗憾

又像在责备

在任何时候都不能

停止歌唱

我为自己偷懒而

深感内疚

它好像要原谅我

温暖地轻抚我的额头

1992

黄昏

黄昏时人们匆匆忙忙
一切都短暂易逝
许多事赶着发生
赶着去消失

就像电影的结尾
夕光还在天上缓缓
映出那些微暗的姓名

1992

火焰——小银，多么美丽的火

火无疑是古老的
就像我们祖先的民歌一般久远

然而在我的记忆中
在我们乡间
人们点灯或者炊饭
对于火却从未感到
一星半点的奢侈

常常是晚餐过后
一家人围坐在一盏油灯下
灯光如萤火一般昏暗

我留意过那些时刻
我们每个人的影子
像一尊尊巨佛
晃动在板壁和倾斜的屋顶上
无声地注视着
我们的苦难与欢乐

1992

图书馆

那么多的世纪的尸体
堆满每一个角落和
陈旧的书架，上面
覆盖着厚厚的尘土，这是
知识分子的合葬墓

那些不识字的人埋身何所?
黑色文字的空白之处

1992

生活

其实厨房
和厕所
都是我们身体的
一个部分

厨房
是叶子和花
仰天承露
厕所则是我们深深的根

每天我们都这样度过：
由厨房上天
从厕所入地
我们努力维持着
物质的平衡

1992

墓碑

这一段日子
我感受到自己
像一块墓碑
要不，为什么
她一抱住我
就忍不住想哭

她从外边回来
像推开一座荒僻
墓地的栅门
扑进我的怀里
像扑在恋人的坟前
绝望而甜蜜地痛哭

滚烫的泪水
流淌在冰冷的石头上
沾湿了我的衣服和脸

1992

春夜

那些猫整夜

在院子里惨叫

它们具有

把爱的欢愉

化为悲伤的

神奇本领

抑或是它们的爱

本身就充满了悲伤

我真不知道

当有人向它们

默默抛掷石头的时候

它们该怎样猜

怎样想，以及

怎样恶毒地骂娘

1993

大朵的花让人难过

傍晚时昏昏沉沉
可山后的林子里
却盛开着火焰
那么鲜明
是绝对的火，静止的火
悄没声儿的
往上蹿，底下
是煨着火的满地绿茵

有小白花，小蓝花
可不知为什么
大朵的花竟让人难过

1993

木匠和诗人

木匠很少闲暇
每天下午在门口
锯木声声
诗人坐在阴暗的屋子里
删掉一些废字
锯末纷纷落下

有时候，诗人出门散步
看见木匠的秃头在午后闪光
又像是在对他微笑
对一个埋头书案的人
这也构成一种风景

诗人时常为时间苦恼
抱怨自己不能像木匠一样快乐
钢笔总是默默地划过
而锯子却总在不停地唱歌

阳光好的时候，木匠

把木盆、木桶、食槽

桌椅和柜子都拿出来晾晒

诗人看着，赞叹着，心里欢喜：

也许不必苦恼，只需像木匠一样勤劳

1994

爱

假如我们的爱
仅仅停留在上半部
那他们会怎么说呢?
毛孩子的游戏
永远也没有结局?

如果我们的爱
转移到下半部
那他们又会说:还未曾
触及,灵魂深处

1994

一生

排着队出生，我行二，不被重视
排队上学堂，我六岁，不受欢迎
排队买米饭，看见打人
排队上完厕所，然后
按秩序就寝，唉
学生时代我就经历过多少事情

那一年我病重，医院不让进
我睡在走廊上
常常被噩梦惊醒
泪水排队走过黑夜

后来，恋爱了，恋人们
在江边站成一溜儿
排队等住房、排队领结婚证
在墙角久久地等啊等
日子排着队走过去
就像你穿旧的一条条小花衣裙
我的一生啊，就这样

迷失在队伍的烟尘里

还有所有的侮辱
排着队去受骗
被歹徒排队抢劫
还没等明白过来
头发排着队白了
皱纹像波浪追赶着，喃喃着

有一天，所有的欢乐与悲伤
排着队，去远方

1994

盲姑娘

"哎——"是她
在寻找我们，
她在花丛中微笑，那么美
她怎么下楼来了？外面
又是春光明媚，
阳光之中一片漆黑
她粲然一笑，看见了我们
她是——盲人
她一定爱上了我们中的一个

阳光下的人们都是盲人
春天里的人们都是盲人

1994

星星

在寂静的夜里
我流着星星的泪水，并且
跟它们一样
因距离而苦恼
因想念远方的星星而哭泣
因为无法抵达那里而深深绝望

但比起星星的忧伤
我们这些小人物有更大的悲哀
我们本在一个星球上
却可怜地为距离而挣扎
痛苦不堪，这是些怎样的行星
上帝安排我们相遇，撞击
又让我们各自携带着心灵的碎片分开
从此消失在人海茫茫

1994

无题

天灾和人祸总是在竞赛
看谁能赢得人类的未来

1995

乘闷罐车回家

腊月将尽
我整好行装，踏上旅程
乘闷罐车回家
跟随一支溃散已久的大军

平日里我也曾自言自语
这一回终于住进
铁皮屋顶
一米高处开着小窗
是小男孩办急事的地方
女孩呢，就只好发挥
忍耐的天性
男男女女挤满一地
就好像
每个人心中都有位沙皇
就好像
他们正去往西伯利亚腹地

夜里，一百个

梦境挤满货舱

向上升腾

列车也仿佛轻快了许多

向雪国飞奔

我无法入睡

独自在窗前

把冬夜的星空和大地

仔细辨认

我知道，不久以前

一颗牛头也曾在此处

张望过，说不出的苦闷

此刻，它躺在谁家的厩栏里

把一生所见咀嚼回想

寒冷的日子里

人们更加善良

像牛群一样闷声不语

连哭也哭得没有声响

1995

阿巴阿巴

如今到了城里，
我仍时时怀念
那个哑巴师傅，
在我童年的世界里，
他可算是个特殊的人。
小理发师，长得很帅，
两颊修得光洁，
头发也理得很俊。
我老是疑惑：
他怎样替自己理发？

哑巴理发师
跟着老师傅
走村串户，也许
要轮上一年
才能到我家，母亲
备酒备饭，孩子们
也乐得满地打滚。

村里人一个个来，
一群群地来，

把那奇形怪状的头颅
交到哑巴师傅手中。
白布单围上脖颈，
你坐端正，
听候哑子的摆布。
哑子在背后
很小心地咳嗽，
很文雅地咳嗽，
手指轻抚上来，
柔软，微冷
羊毛剪子咔嚓响，
其实像小兔子吃草，
细细地啃，小心地啃
一下一下啃得精细
好听，像一支歌，
一支哑子哼出的歌。

拍拍肩，刷掉乱发
哑子拿镜子晃你，
阿巴阿巴地问你，
满不满意？满不满意？
你伸出大拇哥儿，
他准保欢喜，
哑巴就喜欢大拇哥儿，

朝讨厌的人伸小手指头。

总而言之，
一个哑子
像一张白纸，
大伙儿都喜欢他。
他从没骂过人，
也就不招人骂，
也没人在背后
讲他的闲话。
他没脊梁骨，
他通体透明，
他被语言融化了……

到今天，大家
都还念他的好，
还说他要是能说话
就更好了，
准能娶上个好媳妇。

1995

微风

微风可以使
马铃薯增产

微风可以使花儿
开得更加美丽

微风可以使人
心胸开朗

微风可以使
社会清明

当然，只要那些深深的宫殿里
能够吹得进微风

1996

美

这么美的时光，我把它消磨掉
就这样木然枯坐，我还
关了门窗，外面阳光很好

这么美的爱，我让她燃烧
我跟她厮守着，对视着
没有言语，她的笑
就像梦幻一样

这么好的纸张，我把它用完
这么好的妻子我把她怎么了？
这么好的诗我把它写完
这么好的生命我把它怎么了？

1996

零的一生

风刚一起，
树就停了；
雨刚一下，
地就干了；
天刚一亮，
就又黑了；
我刚醒来，
就又睡了。

花刚一开，
就凋谢啦；
草刚变绿，
就枯萎啦；
歌声刚起，
就消失啦；
他刚出生，
就死去啦。

火车刚发出，

就到站了；

飞机刚起飞，

就着陆啦；

我刚出生，

就有些老啦；

我刚一开口，

声音就跑啦；

我穿上开裆裤，

它就小啦；

我刚上学堂，

大学就毕业啦。

我一出校门，

头发就全白啦；

我刚结婚，

转眼就离啦；

我刚参加工作，

就立马退休啦；

我刚想去哪儿，

哪儿就是哪儿！

我刚一下笔，

诗，就这样成啦！

1997

| 星空下的幽灵 |

生活的构成

生活的构成
是一个人
在无限的空间里
有限地行动

她抽烟
吐出烟雾
她用火红的烟头
去点剩下的
半盒火柴
她把盆景植物的
叶子片片摘去
再把细秆
拧断
她听电话录音
把杯子推到
桌子尽头
听乓的一声
……

所有这些
都只是她
生活的一个部分

生活的整体
就是……承受

2000

星空下的幽灵

夜深了，我从外面回来
寂静的夜空中有许多星星
在闪烁，我又看见了
三连星，还有那把倚靠
在银河岸边的大勺子
那是牛郎挑着他的一双儿女
而他的妻子则被阻止在对岸

我想着我永逝的朋友
想着世事的迅速变更
昨天相爱的人，转眼变成陌路
想着在缺医少药的乡间
呻吟着的母亲，还有
身患绝症的同事杨锏……
我们都将不久于人世
善良的人们能够在天上相遇吗?

人生多么无常啊
今夜，我觉得自己

就像一个幽灵

在沉睡的人世间默默穿行

我对这里不抱感情

我要冷静地穿越它

人们都睡了，尽管

有的窗口还微放光明

没有一个人看见我

我也看不见这个世界的主人

迎面走来的陌生人

也是一个幽灵吗？

我们擦身而过

谁都没有出声……

2000

空间

夜里，在后山
废弃的操场
仍然是一个
寂寞的地方
我喜欢这样的所在
但是我并不希望
还有跟我一样的人
借着华南快速干线
微弱的灯光
我看见对面
有一个白色的影子
他也一定发现了我
他没有咳嗽
我也默不作声
两个孤独者
不仅是孤独的
而且，是敌意的
我尽量绕开他
并且深怀厌恶

我要求黑夜
一女不侍二夫
我把他看成一个
侵略者，一个跟我
平分秋色的人
只有在他走后
我才松了一口气
并且对着天空
高歌了一曲

2000

散步

我在散步的时候
遇见了一群树
他们一定在议论什么
一聊起来就没完没了
站在那里就挪不开步子

我走到他们中间
他们就都不作声了
只好没趣地走开
走了很远，回头看看他们
依然没有要走的意思

天色已经暗下来了

2001

喇叭花

它先在我窗栅上牵线
过几天
就在那里安上了喇叭

有好几只呢
小小的紫色的喇叭
像是要对我宣传政策：
放下武器，缴枪不杀！

2001

在海鲜城

在海鲜城，这是
多么熟悉的情景
老胡、小张和我们
但是，小林在哪里?
我在心中给他
摆下了一副杯盘

但是，他坐不住了
他有气无力
我端起酒杯
我说——干杯!
然后，一饮而尽

他的身子底下
就聚起了一汪水

但是，他一言不发
几乎从椅子上歪下去
老胡说：你今天的表现不行

然后就递给他一根红河

不一会儿
他的身子底下
就散落了一地灰尘

两年前的今天
他就已经没有几天了

2001

钥匙

走到故宫的
大门口
他下意识地
摸出了
家里的钥匙

2001

闹钟

她用买闹钟的钱
买回了一只公鸡

顺带几斤小麦
就算是电池吧

2001

布告

在县法院门口
有一个大布告栏
久违了，我停下来
把所有的布告
仔细研究了一遍
开始只有我一个人
后来又有人加入
我就不看了

有谋财害命的、吸毒的、强奸的
我看见十个黑体字
印刷的名字
已被押赴刑场
执行枪决，最小的
生于 1980 年

布告是去年 8 月贴的
还很新，他们的尸体
尚未腐烂

就要在泥土里

过新年了

2001

修表人

坐在玻璃围子里
戴高倍的眼镜

世上少有这样的人
他靠恢复时间
来打发时光，顺便
延长自己的生命

2001

吻

妈妈问萧萧：
妈妈亲你，你喜欢吗？
萧萧答：喜欢
妈妈再问：
那，爸爸亲你，你喜欢吗？

爸爸亲我就擦掉
萧萧答

爸爸故意亲他
萧萧就跑到妈妈面前
擦掉吻

爸爸再亲
萧萧再擦

生怕妈妈看不见

2002

夜莺

这一天，我忽然
觉得自己颇像
一只夜莺，我知道
这容易引起误会
我不敢自比大自然的歌手
是因为布封告诉我
夜莺生性胆小
即使遇见弱小的同类
也常常躲避
它只在树林中最茂密处歌唱
喜欢人迹稀少的夜晚和清晨

这简直跟我太像了
我天性怕人
在路上与人相遇
对我，是一件难堪的事
所以，我也喜欢黑夜
和人迹罕至的地方

奇怪，如果不是
因为胆小，那么
我跟夜莺之间
还有何相似之处？

2002

诗人与运泥车

大诗人在小镇的街头
与运泥车相遇
运泥车，庞然大物也
仇人相见，分外眼红

运泥车从不会主动
给人让路
这不是它的习惯
大诗人从来也不会
给小诗人让路
这是社会的习俗

诗人可是百里挑一的好诗人啊
运泥车也是呱呱叫的韩国车啊
可是，任你诗歌写得再好
也不能拿运泥车怎么样

现在，在运泥车下面
骑自行车的诗人

像一只过街小老鼠
他几乎是在哀求着
躲在驾驶室里的家伙
好歹给这具肉体
留下一条生路

2002

恋人与树

在草地上
我找了一棵树
我准备在树下躺下来
一对恋人走过

男的说：正好两棵树
你一棵，我一棵……

我看了一下四周
显然包含我的这棵
我摸索着这棵树
禁不住为每一根枝条上
叶子的排列之美所折服

2004

卑微者

后来，我们说起那些残酷的事情时
有人曾向父亲问起他在"文革"中的情形
他有点含糊其辞，只说最厉害的时候也被放过飞机
没有细节，他似乎为自己没有受那一类大苦
而愧疚

有一天，我去探望患肝癌的朋友
见了面，朋友对我腼腆地一笑
似乎为自己得病劳动朋友来而表示歉意

有时候，我觉得他们是同一个人
他们万事不求人，不惊动众人
众人也不为难他们

他们本可以平安地活着，平静地死去
但是追问与探望，对他们都构成一种伤害
他们不得不就范，被动地迎合

于是，在人前，他们总是歉疚地

赔着笑，并且手足无措

2005

月光症

一个人病了
他得的是月光症
在有月亮的夜晚
他就发病
独自在月光下哀鸣

这病多美啊
我都有点跃跃欲试了

2006

乳汁在母体内变质

女儿刚两个月大
叶子就从桂林乡下
来广州找工
（她没有钱养活孩子
她跟男朋友分手已经半年了）
但　事情并不顺利
她来信说：
我去医院看病了
宝宝没奶吃了
我的乳房痛得很
挤出来　却是脓

2006

尊严

被父母遗弃的孩子
在哀伤之后，忽然间
脸上就有了一种儿童式的尊严
那是从未有过的

这表情，甚至使父母后悔
并且随后就把这个两岁半大的孩子
带回了家

2006

天鹅之死

在冬天，每天都有天鹅

死在黄河湿地

那里的人很穷

他们毒死天鹅是为了钱

但天鹅也不富裕啊

它们没有别处可以过冬

它们的生命只有一次

它们的高贵只有少数高雅的人才认同

在穷人面前

它们没有被爱，甚至被饶恕的资本

它们的肉

穷人吃不到

却逮得着

它们的舞姿

无法令鼻子冻伤的猎人动容

它们的最后哀鸣

即天鹅之歌

是唱给那些寻找它们的刽子手听的

2006

玻璃在惨叫

一家人看电影
《悲伤的草原》，希腊片
电影里的一家人躲在楼上
在他们身后，有石头接连不断地飞上来

小马利亚问：爸爸，他们家的玻璃
为什么会叫啊？
那时，爱莲娜家的玻璃
被那些石头击打，一块块破裂。

小家伙说得没错
玻璃的身体裂开时
发出撕心的惨叫声

2006

手

一病三十年
母亲的手
疼得变了形

母亲从不会跟人握手
她的手　实在
拿不出手

2006

死亡是平常的事

我以为会有大风
我以为会有大声
我以为那是不平凡的一日
我以为会有泪水

我以为会有乌云
我以为会有雷电
我以为一定跟往日不同
我以为会有哭声

2006

器皿

趁泥土柔软的时候
把它做成合用的器皿

我见过许多人的心
他们是多么坚硬啊

他们不知道自己
什么都做不成了

2006

狮子、孔雀和诗人

在动物园，大笼屋前
他们对狮子说：
嘿，草原之王啊，
吼一声给我们听听？
他们只把这当他们的娱乐

转到鸟类馆
他们又在逗弄孔雀：
嘿，皇后，开个屏给我们看看？
开一个就给小姐一百块

在舞台前，他们开始戏弄诗人：
嘿，给我们唱一首锡安的歌吧？
可是，我们怎能在亵慢人面前
唱歌颂圣洁的歌呢

可以想象，那一天
狮子、孔雀和诗人
都没有出声

但是挑逗声、嘲弄声不绝于耳

激起了阵阵哄笑

2009

| 雪山和孩子 |

开水

烧开的水是活水
还是死水?
水烧得死么?
如果开水还活着
把开了的水倒进河里
会不会把河流烫死?
如果开水是死水
那么，把它倒进河水里
它会复活么?
被它烫伤的那一块河面
会修复如初吗?

2011

将信将疑

一声刹车将信将疑尖叫

一个汉子将信将疑仆倒在地

一辆自行车将信将疑散落一地

两个警察将信将疑查看路面

一辆救护车将信将疑戛然止步

一副担架将信将疑展开自己

几位护士将信将疑给伤员量体温

一群看客将信将疑在心里议论

偶尔跟身边的人交换一个眼神

2011

想象

想象空气

有颜色

蓝的，像工厂的烟

红的，像化学雾

黄的像坦克

投入人群中的

毒气弹

想象水

有颜色

白的，像牛乳

绿的，像精灵

黑的，像漫游的冤魂

金的，像弧状的光环

幸亏

空气，水，和灵魂

都是无色的

故，哪怕一丁点儿污秽

在纯粹的本色面前

都暴露无遗

2011

黄昏

有次跟父母下地
收红薯
回家的路上
母亲不时俯身
拾取路边或沟渠沿上
遗漏的枯树枝
我那时幼小，不当家
不知柴米贵
以一介书生之地位
责备农妇道：
这东西捡它做甚
很瞧不起的语气
做教书先生的父亲
也在一旁附和：对
这才是我的儿子
那时天色已尽黄昏
我看不清她的脸色
只记得，母亲当时
没有作声

2013

等

等长大
等毕业，上大学
等工作了，赚钱
等一个人，结婚
等孩子出生
等他长大，远走高飞

等救星降临
等黄河变清
等四个现代化
等一个梦
等卫星去黑洞偷听
等一句回音

等退休了，出去旅行
等父母老去
等一次告别
等考试结果
等最后的审判

等永恒的相聚

等婚宴开始

等新郎来到

……

这一切，很漫长

但，都不算难等

一生中

最难等的

是电梯

短短几秒

却真要了命

2013

无花果树

快下班了，池老师
忽然问我：
有东西吃吗？
我心里暗暗一惊

仿佛主耶稣
在加利利海边
问五个门徒：
小子们，有吃的
没有？

又仿佛主耶稣
从圣殿往伯大尼
的路上，饿了
他在无花果树上
找吃的
但是，树上只有叶子
没有果子

当我的朋友向我

要吃的

我翻遍抽屉

什么也没有找到

心里实在愧疚

哪天，当我的主饿了

向我要吃的

我像那棵无花果树一样

一无所有

那该有多羞

那该有多羞

2014

惧怕

我出生在一个恐惧的时期
那个时代留给我的
是脆弱的肉体和心灵
我每天都在惧怕，担忧
疑虑重重

我怕上街，怕车不长眼睛
怕热带的太阳，怕闪电
怕骗子近前搭话，也怕熟人跟我疏远
怕身体出问题，怕牙齿掉得过早
怕功能消退，怕病怕死
怕失业，怕将来没吃的
养不活妻儿和自己
怕未来，也怕过去的罪孽找上门来

惧怕住在我家，住在我心里
跟我聊天，拥抱我
这些年，它跟我成了老朋友
比我的爱人还要亲

但，我所惧怕的迎面而来
我的生命，一点点被我所惧怕的强盗
夺走

2014

琴

一把琴，被人爱惜着
是幸福的

一把琴，被懂它的人弹着
更幸福

我的琴在地铁里不作声
我是要把它带到一个
可以发声的地方

地铁里的人都不作声
就像制琴工厂，或运琴的货车

他们要去到哪里才会被人弹奏
他们要去到哪里才会被人珍惜

2015

故旧

为什么
我的故旧
都过得比以前
滋润，而我
仍然是老样子？

因为我已经是
一个新人吗？

2015

赞美

我喜欢沉默
难以赞美
我常常忧郁
不想赞美
我嘴笨舌拙
发不出赞美

当我听到怨言
就想，如果……我赞美
当我为自己也为亲密的人
悲哀的时候
就想，为什么……不赞美
当我为了一口米汤
背诵鳄鱼的咳嗽的时候
就想，谁叫你……不赞美?
直到我被人辱骂
心被刺痛
我才想起，赞美之
甜蜜

2015

梦

一聊起往事
母亲就说个不停
母亲这一辈子
劳碌，疾病，穷苦
疼痛折磨了她半辈子

然后，就说三个孩子
小时候的事情
我的故事比较多
因为 1976 年的一场疾病
现在，我也到了
母亲当年的年龄
她没有留下什么家当
从始至终，身无长物
母亲只有我们

从那时到如今
平淡，顺利
似乎没有什么可说的

还有些话，也不便说出
末了，母亲禁不住感叹一句：
养大你们几个
真像一场梦

2015

话题

家里的老人
都在谈论死亡
母亲说：不知道
几时死，活着又动不了
还不如死
父亲说：即使死了
也不叫老二回来
因为他信外国的神
不要自己的祖宗
全官伯一见面就诉说：
你不知道，我有多难受
我的心脏一跳动
我就气喘吁吁
我以后的日子
会很难过
会很难过

八十九岁的老舅妈
在这些人中

年寿最高

她倒是没有

说起自己的死

那些年纪较轻的人

就像以前谈工作、谈孩子一样

他们只是在拿死亡

自嘲，矫情

2015

废琴

一架刚刚
废弃的电钢琴
还挺新

不知为什么
中央 C 左手边
那个 Ti
失去了弹性

每一架琴
损坏的键都不同
最先喑哑的
都是琴手
最心爱的
那个音符

2015

风信子

风信子开花了
站在阳台上
晒太阳
一束橙的
一束粉的
就像两个刚烫了头发
的中年女人

哦，我想起来了
像极了那年秋天
两个告密的女人

2016

情债

有个男孩子
在女朋友
提出分手后
他又难过，又愤怒
他又哭又闹
最后，被迫同意分手
但是，他要求那个女孩
把他几个月来
付出的感情
还给他
可是，她拿不出来

她不知道
该还给他什么
他怀疑
她把他的感情
私藏起来了
所以，他死活都想
从她手中

要回去

就像他把送给她的礼物

都要回去一样

他不想把宝贵的感情

存放在这个

不是自己妻子的女人那里

他只有一个感情

如果不收回来

他自己就没有了

2017

外星人

每一个婴儿
都是一个小老外
一个外星人
一个天上的使者
他从一个隐秘的世界
来到这个敞开的世界

他不会走世上的路
不会说世上的话
不会做地上的事情
但他带来了另一个世界
的微笑
是世界上所没有的
却又似曾相识
残留在
人们的记忆中

世界上的人
多么傲慢
几乎没有一个人

愿意向婴儿学习
就算是那个生他的人
也不愿意

他们就像殖民者一样
倒要教会这个外星人
许多东西
教他走世上的路
教他说世上的话
教他做地上的事情
教他一整套地上的小聪明
直到把这个天使
改造成一个跟他们一样的人

然后，地球人看着他
多么得意，得意这件
他们共同的作品
随后，大伙就把他忘记
或者，那个咿呀学语的外星人
操着一口纯正的外语
就这样，消失在茫茫人海里

2017

光灰

入秋了，阳光
渐渐被炼成纯金
特别是早晨
纯净的光线
从高高宝座上
透过依然繁密的枝叶
倾泻下来
给拘禁我身的
这茫茫尘世
带来一些天国的消息
给梦碎而醒来的旅人
带来微茫的启示

但这光线
这启示
对于从未经历过奇迹的人
也不过是老生常谈

而尘世也毕竟是尘世

你赐它以光芒

它回报以灰尘

多半是半夜的泥头车

在柏油马路上

撒下了一条灰尘带

早晨送孩子们上学的校车

公交车，私家轿车

就把这些被遗弃的尘土

扬起来，扬起来

就像舞台上

特意制造的雾气

在明亮的射灯光下

显得朦胧，梦幻

意味深长

2017

心中的地狱

有一个年轻人
他表示爱上帝
在跟我争论过
到底信的是
哪一位上帝之后
他把我拉黑了

我想，他一定把我
打入了
他心中的地狱

2017

过客

地球似乎转到了
一个无风的地方
棕树枝纹丝不动
天空也没有一片云

按说这巨大的星球
转动时会发出
呼呼的风声
可为什么这个早晨
如此宁静

仿佛昨晚上
它靠港了
有旅客到家了
在许多人深沉的睡梦中
有人上岸了
离开了
所以，难怪这个世界
如此深沉

像清晨的薄雾一样

此刻，太阳轻轻离岸
它漂泊已久的孩子
也稍稍得力
重新启程
满载着剩下的旅客
去往茫茫宇宙中的
下一个锚地

2017

歌乡人

早晨，在花园里
怀抱婴儿的阿姨
一边缓步而行
一边轻声唱歌
也许是家乡的摇篮曲
不知道婴儿
是否听得懂
我的心里也得了安慰
就像阿姨是我家乡人一样

也许，爱唱歌的人
都来自同一个家乡
悲也唱，喜也唱
出嫁也唱
葬礼也唱
尽管，在这个嘈杂的世界上
歌唱受到不少的限制
但来自诗歌之乡的人们
仍然以歌唱抵挡世间的寒冷

与人心的荒凉

他们在歌唱中
渐渐登上高山
好在，天堂
一定是歌者的故乡
随着历世历代的歌者
往那里汇聚
那里早已是诗歌的海洋

2017

洁净

从葬礼上回来
按礼属于不洁
外衣不能入柜
挂在阳光里晒几天
人怎么办呢
总不能晾起来
只好，到菜市场走一走
在红尘里滚一滚
挤去肃穆之气
滚去心里的哀伤
让自己跟贩夫走卒一样
在礼仪上
也就洁净了

2017

无题

离家三十多年
由于我很少
打电话回家
我的父母
耳朵渐聋

由于我
几乎不跟他们视频
也很少回去看他们
我的双亲
眼睛日渐模糊

2017

无知

那么，我该去寻找谁呢？
大部分人都是无知
而知道的人却又骄傲
就算找老师，我也要
找一个谦卑的老师
何况我只是想寻找
一个谦卑的学生
而我自己，大多数时候
是无知，自以为知道一点
就开始骄傲

我想，我是不是太骄傲了
也许，我应该去找一个学生
来做我的老师
或者，去找一个老师
来做我的学生

那么，我到底是
应该去找一个

谦卑的学生
来做我骄傲的老师
还是应该去找一个
骄傲的老师
来做我谦卑的学生

2017

雪山和孩子

在往卡赫拉曼马拉什
的途中，看见了雪山
山看起来并不高
中东的日头正在暴晒
雪却没有融化

我想起昨天中午
在亚伯拉罕的故乡
哈兰小学的孩子们
坐在正午的阳光下
等候下午上学
也不遮阴，也不盖头
居然也没有融化

2019

石头

在地中海沿岸
到处都是几千年的
遗迹
石头的城市
城堡倒塌了
石柱子仍然
挺立在那里

索菲亚教堂地上
的石头
被历代信徒的脚
磨得光滑发亮
石头里面仿佛
含着泪水
如果有人驻足停留
俯下身来
跟它们交谈
石头就会哭出声来

2019

黑头巾

出了乌尔法
在郊外加油站附近
一个红绿灯路口
有个包黑头巾的妇女
用手指叩司机的窗户
司机掏出几个硬币
她叩得更加急迫
打开襁褓
指指怀里的孩子
又指指手指勾着的奶瓶
咕噜咕噜地叫
想一次要到更多

这就是叙利亚难民
当地人都不给她们
所以，她们抓住外国人
就要个不停

2019

色彩

在往尚勒乌尔法的路上
不时有昆虫和蝴蝶
撞到挡风玻璃上
在玻璃上留下
白色　淡蓝色　黄色

2019

| 跋 |

岁月的回声

今年春天瘟疫忽然爆发并迅速流行，生活不得不停下来，但是，我的诗歌写作却比平时多很多。不是为了救灾，而是为了释放心中的担忧与恐惧。也许仍然是国家不幸诗家幸，大灾难催生了许多诗歌作品，其中不乏恐惧与忧虑。难怪柏拉图要把诗人从理想国中驱逐出去。

在上半年的忧虑中，我本来以为，诗集的出版也将遥遥无期了，没想到下半年，情况开始好转，有百废待兴之势。8月底忽然得到消息，诗集已经开始启动，这是否表明，瘟疫后的时代，仍然需要诗歌，只是我暗自思忖，诗歌在后瘟疫时代到底能够发挥什么作用呢？这场瘟疫如同时代的寓言，也许只有敏锐的诗人，才能从中聆听到上苍微小的声音，并且从中领受新的启示。

从20世纪80年代在北师大中文系西南楼的被窝里开始模仿写作，到1992年算是真正开始诗歌写作，到如今，已经近三十年了。可是，每一年涂涂抹抹下来，到年底看看，自己满意的作品少得可怜。幸亏编选家宽宏大量，使这本三十年诗歌精选集得以面世。

回头看看，实在要感谢 20 世纪 80 年代，我在北京经历了那场文艺复兴的洗礼，其中包括诗歌的大复兴。实在要感谢北师大校园里那些活跃的老师和诗人，任洪渊、蓝棣之、王一川、伍芳菲、季丹、朱枫、马朝阳、伊沙、徐江、侯马、桑克，以及后来的朵渔、沈浩波、里所等这些为诗歌癫狂的人。我深受他们的影响与激励，我很荣幸成为北师大诗群中的一员，尽管在漫长的三十年中，我跟他们见面的机会不多，也很少交流，但是，这群诗人一直在暗中激励着我。

按照厨川白村的观点，诗歌是苦闷的象征，在生活中我言语很是稀少，但是，心里常常有话想说，只好用笔记下来，当然，是用我最喜爱的自由诗的形式写下来。很难说是我选择了诗歌，但诗歌的跃动、想象力、音乐性以及奇特的语言效果深深地吸引着我，使我这一生无暇他顾。

里尔克说过生命是为了赞美，诗歌是为了赞美，可是，我虽然会唱一些赞美诗，但我还是无法赞美太多，相反，我的诗中多半是些讥讽之词，这与我和生活的争辩有关。我一直躲在暗中，与生活和时代争辩，常常是为了指出它们的不是。其中也许不乏误解，但也是没有办法的事情。不过，后来我也越来越能发现自己的不是。就像一对吵架的夫妻，吵了许多年，都只说对方的不是。当然，尽管吵了许多年，但我对它毫无影响，我所置身的时代依然我行我素，它的固执也成就了今日之我。

诗人是一个极为古老的职业，尽管大多数诗人并非以此为生。每一个时代都幸亏有诗人，上苍为每一个时代预备了诗人，而君王也为自己预备了诗人，这是完全不同的概念。诗人的角色类似古代的先知，而先知正是用诗句来发表天赐之预言的。所以，诗人所写的不外乎两种：时代诗史，以及个人心灵史。而我记录下来的，不过是些过去岁月的回声。正如诗人赛弗尔特所言，"给这世上的千万诗句，我只增添了寥寥数行"。

感谢诗人沈浩波，他本是杰出的诗人，又是真正爱诗之人，为现代汉语诗歌发热心已经多年，并且甘心乐意为别的诗人做嫁衣，浩波和优秀的诗人与编辑里所、胡超一道，以独到的眼光

来选编这一套诗丛，编就我的这一本诗集，盼望
他们的眼光能够经得起读者和历史的检验。

宋晓贤

2020|08|28

盘峰一代
——"中国桂冠诗丛"第三辑出版后记

　　磨铁读诗会"中国桂冠诗丛"前两辑，完全以诗人的出生年代为分辑依据，第一辑选择了五位出生于 20 世纪 50 年代的诗人：严力、王小龙、王小妮、欧阳昱、姚风；第二辑选择了五位出生于 1960 年到 1965 年的诗人：韩东、唐欣、杨黎、潘洗尘、阿吾。那么第三辑呢？当然该是出生于 1966 年到 1969 年的诗人。

　　不仅仅如此，我们还有另外一层考量。这一辑选入的四位诗人，还基于更强烈的历史意义和诗学意义——至少在这套"中国桂冠诗丛"中，他们可以被称为"盘峰一代"，并以此作为入选本辑的最重要依据。这四位诗人是：伊沙、侯马、徐江和宋晓贤。

　　在中国当代诗歌史上，"朦胧诗"和"第三代"的诗人是先驱者、启蒙者、发端者，普遍出生于 20 世纪 40 年代到 1965 年之间。1965 年以后出生的伊沙、侯马、徐江和宋晓贤，没有赶上20 世纪 80 年代风起云涌的"第三代"诗歌运动，他们1989年大学毕业，迎面赶上的是文化保守主义盛行的90年代。海子之死引发了"麦地抒情"，学院派用修辞学和知识分子写作的文化策略将"第三代"形成的先锋诗潮驱赶到边缘和地下。对于刚刚冲进来的年轻诗人们而言，在这样的环境中，如何还能保持活跃的、先锋的诗歌灵魂？如何将80年代形成的先锋美学向更大的可能、更开阔的空间和更深刻的方向推进？事实上，整个90年代，伊沙几乎是用孤军奋战的方式，在如同铁幕般的保守环境中，以尖锐的解构者形象，用一种全新的诗歌声音和他不分地上地下的疯狂投稿，硬生生撕开了一道先锋诗歌的新口子，并最终在1999年，等来了先锋诗歌力量在20世纪末"盘峰诗会"上的一次集结。他与"第三代"在90年代硕果仅存的领袖诗人于坚，以及自己的两位大学同学加诗歌战友徐江、侯马一起，在"盘峰诗会"的现场和会后数年，竖起了汉语先锋诗歌"民间立场"的旗帜。并在进入新世纪之后，与崛起于互联网、由70后诗人发起的"下半身诗歌运动"，以及更多出生于70、80年代的年轻诗人们汇聚，借助互联网打破一切发表壁垒的传播方式，构成"民间立场"先锋诗歌阵营。

侯马和徐江的诗歌写作，发轫于 20 世纪 90 年代，成熟于新世纪第一个十年，壮硕于新世纪第二个十年，在这三十年中，他们始终是中国当代诗歌先锋阵营的中流砥柱。宋晓贤则是在 20 世纪 90 年代晚期，突然以若干首经典名作惊艳亮相，被"民间立场"阵营中不同美学势力同时接受和推举，并于"盘峰诗会"后在徐江的鼓动下加入论争。

"盘峰论争"发生于世纪交接的门槛上，是当代诗歌史上继"朦胧诗"论争后最为重要的一场诗歌论战，其所包含的诗学意义影响深远。前承 20 世纪 80 年代的"第三代"诗歌运动，后接新世纪诗歌美学高度开放的互联网时代。而伊沙、徐江、侯马、宋晓贤，正是跨越世纪的一代诗人，求学于 20 世纪 80 年代，成名于 90 年代，丰富于新世纪，他们身上埋藏着中国当代诗歌的诸多密码。宋晓贤 1984 年考入北京师范大学中文系，伊沙、徐江、侯马 1985 年考入北京师范大学中文系，但四人同时于 1989 年毕业，他们身上烙刻着时代的印记。20 世纪 90 年代，曾经在 80 年代中后期引领美学潮流的"第三代"口语诗歌一脉，被麦地抒情诗和学院派诗歌逼入民间。中国诗歌的先锋派们，在五花八门、层出不穷的民间诗歌报刊上艰难延展。其中，最有影响力的两份民刊是北京的《诗参考》和天津的《葵》，而伊沙、徐江、侯马、宋晓贤正是这两大民刊的最核心作者。2000年，中国诗歌进入互联网时代，宣布了民刊时代的终结，从这个意义来说，"盘峰一代"也正是最后的"民刊一代"，继而，他们走向了新世纪，却始终保持了这种原初的、与先锋性相映照的"民间性"。什么是"民间"？就是"民刊"的那种民间，就是地下诗歌式的、反抗的、不屈的、不服从于任何美学体制的"民间"。

新世纪以来，伊沙的写作进入他生命力最旺盛的阶段，其人即其诗，其诗即其人，诗人合一，极大地推动了中国口语诗歌的发展，他始终是中国当代先锋诗歌中的现象级存在；侯马的写作，历经淬炼，在新世纪的第二个十年，经典迭出，树立了口语诗歌写作中经典化的写作范式。他和另一位口语诗人唐欣一起，为口语诗歌的经典化树立了美学榜样；徐江展现出越来越丰富多样的创作实绩，其诗歌中辽远的人文性和敏感的抒情性尤其显得独特而珍贵。他近乎蛮横地将当代诗歌分为"新诗"与"现代诗",直接形成了中国诗歌通往现代性之路上最本质的区分性定义;宋晓贤曾在广州参与创办南方口语诗歌流派"白诗歌",推进了南方诗歌的平民化,并在创作中不断力求写出追求心灵价值和真理的诗歌。

基于以上原因,磨铁读诗会"中国桂冠诗丛"第三辑,选择伊沙、侯马、徐江、宋晓贤四位诗人,以"盘峰一代"的身份,做一次富有历史意义的集结。

沈浩波

2021|01|22

图书在版编目（CIP）数据

月光症 / 宋晓贤著. — 成都：四川文艺出版社，
2021.3
ISBN 978-7-5411-5945-9

Ⅰ.①月… Ⅱ.①宋… Ⅲ.①诗集 – 中国 – 当代
Ⅳ.①I227

中国版本图书馆CIP数据核字（2021）第023863号

YUEGUANGZHENG

月光症

宋晓贤 著

出 品 人　张庆宁
责任编辑　陈雪媛
特约监制　里　所
特约编辑　胡　超　修宏烨
封面设计　周伟伟
责任校对　汪　平

出版发行　四川文艺出版社（成都市槐树街2号）
网　　址　www.scwys.com
电　　话　028-86259287（发行部）　028-86259303（编辑部）
传　　真　028-86259306

邮购地址　成都市槐树街2号四川文艺出版社邮购部　610031
印　　刷　河北鹏润印刷有限公司
成品尺寸　126mm×198mm　　　开　本　32开
印　　张　4　　　　　　　　　　字　数　100千
版　　次　2021年3月第一版　　印　次　2021年3月第一次印刷
书　　号　ISBN 978-7-5411-5945-9
定　　价　42.00元

磨 铁 读 诗 会